獻給佐佐木格先生
— H.S —

獻給爸爸，他像浪一樣堅毅強韌。
獻給媽媽，她的愛像海一樣深。
— R.W. —

風中的電話亭

作者　希瑟‧史密斯

繪者　瑞秋‧和田

譯者　游珮芸

每天早晨，牧雄都會去拜訪鄰居廣田先生。他們坐在廣田先生庭園的角落，俯瞰海港邊的人們，一起玩尋找遊戲，看誰先發現正在卸漁獲的牧雄父親，以及正在清理魚內臟的廣田先生的女兒芙美香。

「我看到他們了！」牧雄說。廣田先生笑了：「你又贏了！牧雄。」這是他們最喜歡的遊戲之一。地震和海嘯來的那一天，他們也正在玩這個遊戲。

牧雄的父親熱愛海洋。他常說：「牧雄，你聽，大海在說早安。」拍打岸邊的海浪輕聲說：

哦，早——

　哦，安——

　　哦，早安——

牧雄也會問候：「早安，大海。」

但是當海嘯湧來時，海洋不是輕聲細語，

而是狂吼。

翁（ㄨㄥ）　嗡　轟轟（ㄒㄩㄥ）

嗡（ㄨㄥ）　吼（ㄏㄡˇ）

隆（ㄌㄨㄥˊ）　轟轟（ㄏㄨㄥ）

牧雄看見浪頭愈捲愈高。「啊啊啊！」廣田先生大叫出聲。海嘯像一隻龐大的手，橫掃入港，抓住了所有人、所有的一切，甚至淹沒了牧雄的尖叫。

海嘯來的那一天，每個人都失去了摯親。

死ㄙˇ寂ㄐㄧˊ籠ㄌㄨㄥˊ罩ㄓㄠˋ了ㄌㄜˇ村ㄘㄨㄣ落ㄌㄨㄛˋ，像ㄒㄧㄤˋ一ㄧ片ㄆㄧㄢˋ陰ㄧㄣ暗ㄢˋ沉ㄔㄣˊ重ㄓㄨㄥˋ的ㄉㄜ烏ㄨ雲ㄩㄣˊ。

直到有一天，

叩叩叩、
咚咚咚、
碰碰碰。

牧雄從家裡的窗戶往外
一看，廣田先生正在建
造……
那是什麼呢？

那是一座電話亭，漆成白色的，上面
鑲著很多玻璃。廣田先生走了進去。
他說話的聲音傳了出來。

「芙美香？我是爸爸，我很想念妳。」

牧雄感到很困惑。芙美香已經被大
海捲走了，就跟牧雄的父親一樣。

廣田先生離開電話亭之後，牧雄偷偷溜進去。一臺老式電話機放在桌子上，沒有連接插頭或電線。那是一臺打不出去的電話機。

廣田先生每天都進去他的電話亭。
不久，其他的村民也開始這麼做。
他們的聲音迴盪在風中。

　　嗨，堂哥，我今天把船修好了。
　我很快就會再出海捕魚。

　　嗨，媽，我替妳種了一株
　　　妳最愛的楓樹。

　姊，妳好嗎？我今天騎了妳的腳踏車，
　現在我騎剛剛好。

　　嗨，親愛的，我粉刷了我們的房間，
　　　是你最愛的深藍色。

牧雄跑下山丘，一路跑到港口。海嘯之後，他第一次拉開嗓門，對著大海大吼大叫：「把我們的家人還回來！」波浪輕輕拍打著。

哦，早

　哦，安

　　哦，早安

牧雄嘆了口氣，擡起頭。廣田先生的電話亭像燈塔一樣佇立在小山丘上。

牧雄爬上小山丘，他又累又熱，滿頭大汗。他手裡的電話筒摸起來很冰冷。

爸爸？
是我。
你聽得到嗎？
我對著大海大叫，
它卻只對我說早安。

我跟你說，
我數學考得很好喔。
櫻花已經開了，村子看起來一片粉紅。
媽媽粉刷了你們的房間，是你喜歡的深藍色。

爸爸，我好想你。

每天早晨牧雄都會俯瞰港口。當大海說早安時，牧雄就會想起父親。總有一天，他會回應大海的問候。但現在他正在玩另一個遊戲：從小山丘的高處尋找廣田先生。

「我看見你了！」牧雄大喊，廣田先生微笑著揮揮手。這是他們最喜歡的遊戲之一。

 作者的話

日本有一位名叫佐佐木格的庭園造景師。2010年,他的堂哥去世後,他在庭園裡建造了一座電話亭,用來撫慰自己的悲傷。雖然電話機沒有接上線,但佐佐木相信,他的話語會隨著風飄向他所愛的人。一年之後,海嘯襲擊了他居住的沿海城市大津市,許多喪失摯愛的人們湧向他的電話亭,渴望與失蹤的親人聯繫。當我聽說了「風中的電話亭」的故事——一臺沒有連線的電話機如何療癒悲傷的人們——我驚嘆不已。正是這種希望和韌性,啟發我為年輕讀者創作這個故事。我希望小讀者能夠體會到,有時在悲傷中也有美麗。就像牧雄在廣田先生的電話亭裡感受到的一樣。

Thinking 073
風中的電話亭

作　者｜希瑟‧史密斯
繪　畫｜瑞秋‧和田
譯　者｜游珮芸

字畝文化創意有限公司
社　　長｜馮季眉
編輯總監｜周惠玲
責任編輯｜陳曉慈
編　　輯｜戴鈺娟、徐子茹
美術設計｜丸同連合

讀書共和國出版集團
社長｜郭重興
發行人兼出版總監｜曾大福
業務平臺總經理｜李雪麗
業務平臺副總經理｜李復民
實體通路協理｜林詩富
網路暨海外通路協理｜張鑫峰
特販通路協理｜陳綺瑩
印務協理｜江域平
印務主任｜李孟儒

發　　行｜遠足文化事業股份有限公司
地　　址｜231新北市新店區民權路108-2號9樓
電　　話｜(02)2218-1417
傳　　眞｜(02)8667-1065
電子信箱｜service@bookrep.com.tw
網　　址｜www.bookrep.com.tw

法律顧問｜華洋法律事務所 蘇文生律師
印　　製｜凱林彩印股份有限公司

2021年8月　初版一刷
定　　價｜350元
書　　號｜XBTH0073
ISBN 978-986-0784-18-3（精裝）
Printed in Taiwan 版權所有‧翻印必究

國家圖書館出版品預行編目(CIP)資料

風中的電話亭 / 希瑟‧史密斯作；瑞秋.和
田繪畫；游珮芸譯.一初版.一新北市：
遠足文化事業股份有限公司字畝文化出
版：遠足文化事業股份有限公司發行，
2021.08　面；　公分
譯自：The phone booth in Mr.
Hirota's garden.
ISBN 978-986-0784-18-3(精裝)
885.3596　　　　　　110009530

特別聲明：有關本書中的言論內容，不代表本公司／出版集團之立場與意見，文責由作者自行承擔。